19 avril 1875

Vente du Lundi 19 Avril 1875,

SALLE N° 5.

JOLIE COLLECTION

DE

BELLES & ANCIENNES

PORCELAINES

DE LA CHINE, DU JAPON ET DE SAXE

FAIENCES, ÉMAUX, MEUBLES

BELLES TENTURES VÉNITIENNES EN ÉTOFFE

Lamée d'or et d'argent

TAPISSERIES — ÉTOFFES

Exposition publique, le Dimanche 18 Avril 1875

Mᵉ CHARLES PILLET,	M. CHARLES MANNHEIM,
COMMISSAIRE-PRISEUR	EXPERT
10, rue de la Grange-Batelière.	7, rue Saint-Georges.

CATALOGUE

D'UNE JOLIE COLLECTION

DE

BELLES ET ANCIENNES PORCELAINES

DE LA CHINE, DU JAPON, DE SAXE & AUTRES

Quelques Faïences italiennes; Anciens Émaux cloisonnés de la Chine;
Bas-reliefs en terre cuite par Clodion; Jolie Pendule en terre cuite;
Paravent en laque de Chine; Meubles en laque du Coromandel;
Pendules en marqueterie; Meubles en bois sculpté couverts en tapisserie;
Régulateur de Rieussec;

BELLES TENTURES VÉNITIENNES LAMÉES D'OR ET D'ARGENT

Tapisseries; Etoffes; Cuirs de Cordoue;

DONT LA VENTE AURA LIEU

HOTEL DROUOT, SALLE N° 5

Le Lundi 19 Avril 1875,

A DEUX HEURES.

Par le ministère de Me **CHARLES PILLET**, Commissaire-Priseur,
10, rue de la Grange-Batelière,

Assisté de **M. CHARLES MANNHEIM**, Expert, 7, rue Saint-Georges,

Chez lesquels se trouve le présent Catalogue.

EXPOSITION PUBLIQUE: Le Dimanche 18 Avril 1875,

DE UNE HEURE A CINQ HEURES.

CONDITIONS DE LA VENTE.

Elle sera faite au comptant.

Les adjudicataires payeront *cinq pour cent* en sus des enchères.

L'exposition mettant le public à même de se rendre compte de l'état des objets, il ne sera admis aucune réclamation une fois l'adjudication prononcée.

Paris, Imp. de Pillet fils aîné, rue des Grands-Augustins, 5.

DÉSIGNATION DES OBJETS

PORCELAINES DE CHINE

1 — Deux belles théières à pans et à anse surélevée, en ancienne porcelaine de Chine, décorées de fleurs en émaux de la famille verte. Belle qualité.

2 — Deux beaux plats ronds à bords festonnés, en ancienne porcelaine de Chine, décorés en émaux de la famille verte. Ils offrent au centre les armes d'Angleterre et de l'Artois, et leurs bords sont divisés en compartiments qui renferment des figures et des fleurs.

3 — Trois plats analogues à ceux qui précèdent, mais moins grands. Ils portent les armes d'Angleterre, du Luxembourg et de Overysel.

4 — Grand et beau plat rond à bords festonnés en ancienne porcelaine de Chine, décoré de fleurs en émaux de la famille verte. Belle qualité.

5 à 7 — Six jolis plats oblongs à angles coupés en ancienne porcelaine de Chine, décorés en émaux de la famille verte, à figures, fleurs, insectes et oiseaux. Ce lot sera divisé.

8 — Grand et très-beau plat rond en ancienne porcelaine de Chine, décoré en émaux de la famille verte, à arbustes, oiseaux et fleurs.

9 — Quatre beaux plats de mêmes porcelaine et décor, mais plus petits.

10 — Beau plat rond en ancienne porcelaine de Chine, décoré de fleurs au centre et à bord émaillé noir rehaussé de fleurs.

11 — Trois assiettes de mêmes porcelaine et décors.

12 — Plat rond en ancienne porcelaine de Chine, décoré d'une course d'amazones en émaux de la famille rose.

13 — Plat rond en ancienne porcelaine de Chine, décoré en émaux de la famille rose, à fleurs au centre et à bordure dentelée rehaussée de fleurs.

14 — Plat rond en ancienne porcelaine de Chine, décoré en émaux de la famille rose, à figure de femme au centre et fleurs au bord.

15 — Plat rond et creux en ancienne porcelaine de Chine, décoré en émaux de la famille rose à paysage au centre et ornements et fleurs au bord.

16 — Quatre coupes dont deux à couvercles et deux plats ronds en ancienne porcelaine de Chine, décorés de fleurs et de figures en rouge de fer et or.

17 — Trois plats ronds ou compotiers en ancienne porcelaine de Chine, décorés en émaux de la famille rose à fleurs et fond bleu partiel.

18 — Six assiettes en vieux Chine à décors variés en émaux de la famille rose.

19 — Deux tasses avec soucoupes en ancienne porcelaine de Chine, décorées de fleurs en émaux de la famille rose.

20 — Écuelle avec plateau en ancienne porcelaine de Chine, décorée de figures en émaux de la famille rose.

21 — Beau plat rond en ancienne porcelaine de Chine à décor très-chargé de fleurs et d'ornements en émaux de la famille verte.

22 — Petit plat rond en ancienne porcelaine de Chine, décoré en émaux de la famille rose à fleurs et ornements.

23 — Plat à pans de même qualité.

24 — Écuelle à deux anses et à couvercle en vieux Chine, décorée en émaux de la famille rose, à fleurs, poissons et ornements.

25 — Porte-huilier de mêmes porcelaine et décor.

26 — Six belles cloches en trois dimensions en ancienne porcelaine de Chine, décorées de fleurs en émaux de la famille rose. Ce lot sera divisé.

27 — Deux jolis petits vases à pans en vieux Chine, décorés de fleurs en émaux de la famille verte.

28 — Deux bouteilles de même porcelaine et à décor de même style.

29 — Six petites assiettes en ancienne porcelaine de Chine, décorées de fleurs en émaux de la famille verte.

30 — Écuelle avec plateau en vieux Chine, décorée de fleurs en émaux de la famille rose.

31 — Vase en forme de balustre en porcelaine de Chine décoré à l'imitation du bronze.

32 — Deux petits vases en forme de balustre en ancienne porcelaine de Chine émaillés bleu uni et montés à anses et pieds rocaille en bronze ciselé et doré. Époque Louis XV.

33 — Deux assiettes en ancienne porcelaine de Chine.

33 *bis* — Cache-pot de forme droite en ancienne porcelaine de Chine à décor émaillé.

PORCELAINES DU JAPON

34 — Grand et beau plat rond en ancienne porcelaine du Japon, décoré de figures, de fleurs et d'ornements en couleurs et or. Belle qualité.

35 — Plat rond en ancienne porcelaine du Japon décoré de groupes de fleurs et d'ornements en bleu, rouge et or.

36 — Deux belles assiettes en ancienne porcelaine du Japon, décorées de fleurs et d'ornements. Belle qualité.

37 — Treize assiettes et un compotier en vieux Japon à décors variés.

38 — Deux plateaux ronds en ancienne porcelaine du Japon à décor de fleurs en bleu, rouge et or.

39 — Beau plat rond en vieux Japon à compartiments renfermant des fleurs et offrant au centre un vase de fleur en bleu, rouge et or.

40 — Plat rond en vieux Japon à décors en bleu, rouge et or; corbeilles de fleurs au centre et fleurs au bord.

41 — Deux petits plats en vieux Japon à décors variés.

42 — Quatre soucoupes en porcelaine du Japon à décor en bleu, rouge et or.

43 — Deux vases en porcelaine moderne et craquelée du Japon à décor émaillé.

PORCELAINES DIVERSES

44 — Deux grands et beaux groupes d'oiseaux en ancienne porcelaine de Saxe.

45 — Trois plats oblongs gaufrés à côtes en ancienne porcelaine de Saxe et décorés d'oiseaux.

46 — Deux grands plats ronds à bord gaufré en ancienne porcelaine de Saxe à décor de style chinois à oiseau et chimère.

47 — Cinq plats de même décor, mais sans gaufrage.

48 — Sept assiettes en vieux Saxe, décorées de fleurs.

49 — Cinq plats oblongs à anses rocaille en ancienne porcelaine italienne, décorés de fleurs.

50 — Deux petits plats longs en porcelaine de Naples, décorés de fleurs.

FAIENCES

51 — Grande vasque de forme oblongue à godrons et piédouche, à décor de mascarons, d'animaux et d'ornements en camaïeu bleu. Sous les volutes des deux extrémités sont peintes des armoiries. Fabrique de Caffagiollo.

52 — Vase de forme sphérique en faïence italienne, décoré d'arabesques en camaïeu bleu.

53-54 — Quatre vases en forme de cornet en faïence italienne, décorés en camaïeu bleu. Ils seront vendus par deux.

55 — Trois plateaux oblongs en faïence italienne, décorés de fleurs et d'ornements en camaïeu rouge.

56 — Plat rond en faïence de Castelli à sujet guerrier au centre et offrant au bord des trophées d'armes et des ornements.

57 — Deux vases en terre laquée noir et or à figures et fleurs de style chinois.

ÉMAUX CLOISONNÉS

58 — Vase en forme de balustre en ancien émail cloisonné de la Chine, décoré de zones de fleurs arabesques sur fond bleu, et à anses têtes d'animaux chimériques et anneaux mouvants en bronze.

59 — Vase de même qualité en forme de balustre à col rétréci, décoré de fleurs et d'insectes sur fond bleu.

60 — Brûle-parfums à panse sphérique et à trois pieds droits, en émail cloisonné de la Chine décoré d'ornements sur fond bleu. Le couvercle, décoré de même, est surmonté d'une chimère en bronze.

61 — Brûle-parfums à panse sphérique sur trois pieds bas et droits, décoré de palmes et d'ornements sur fond bleu. Le couvercle, en bronze ciselé à dragons, est repercé à jour.

62 — Jardinière oblongue à pans en cuivre repoussé et doré, décorée de fleurs arabesques et d'ornements réservés en or sur fond d'émail bleu foncé et bleu clair.

63 — Jardinière de forme ronde à contours, de même travail. Les fleurs se détachent sur un fond d'émail bleu clair.

OBJETS VARIÉS

64 — Petite cassette de forme oblongue à ressauts, à couvercle en toit et colonnettes aux angles. Il est plaqué d'écaille rouge et orné d'appliques en argent repoussé encadrant des plaques de verre gravé à sujets de chasse. XVIIe siècle.

65 — Jolie pendule en terre cuite attribuée à Marin et composée de quatre figurines d'enfants représentant les Saisons.

66 — Joli bas-relief de forme ronde par *Clodion* (signé). — Jeune femme satyre assise, ayant près d'elle un petit satyre.

67 — Joli bas-relief en terre cuite attribué à Clodion. — Femme satyre couchée sur une urne et recevant le jus d'une grappe de raisin qu'un enfant presse au-dessus de ses lèvres.

68 — Drageoir en cuivre orné de plaques en fer ciselé.

69 — Deux pièces : coffret en cristal taillé et petit vase en porcelaine moderne de la Chine.

70 — Deux statuettes en bronze par Blavier : Pifferari et Jardinière.

71 — Narguilhé en verre et métal d'Orient.

71 *bis* — Groupe en terre cuite, d'après Clodion. Femme satyre et enfants.

BRONZES

72 — Deux flambeaux en bronze doré de style Louis XVI, formés chacun d'une figure d'enfant satyre debout portant une corbeille de fruits.

73 — Petit lustre à neuf lumières en bronze doré, modèle à cariatides.

74 — Petit lustre à six lumières en composition.

75 — Grand flambeau hébraïque en bronze à côtes en spirale, supportant sept branches porte-lumières.

76 — Deux chenets Louis XIII en cuivre poli, modèle à boule.

77 — Pelle, pincettes et tisonnier garnis en cuivre poli. Epoque Louis XIII.

78 — Deux jolis flambeaux de la fin du XVIe siècle, en cuivre gravé et à tige ovoïde.

MEUBLES

79 — Grand paravent chinois à huit feuilles, en laque noir à riche décor de paysages et ornements en or et couleurs.

80 — Pendule et son socle-support, de forme contournée, en marqueterie d'écaille et cuivre, et garnie de bronzes rocaille.

81 — Deux miroirs-appliques, gravés à figures.

82 — Joli petit secrétaire de forme droite et à contours en laque du Coromandel, décoré de fleurs sur fond noir, et garni de bronzes rocaille. Epoque Louis XV.

83 — Meuble du temps de Louis XV, à deux corps, en bois noir incrusté de filets de cuivre et enrichi de panneaux en laque du Coromandel.

84 — Console de suspension du temps de Louis XIV, en bois sculpté et doré, composée de rinceaux et de fleurs.

85 — Pendule en marqueterie d'écaille et cuivre, garnie de bronze; mouvement de Tallon à Paris. Époque Louis XIV.

86 — Régulateur de Rieussec, horloger à Paris, avec balancier compensateur, et cage en bois d'acajou.

87 — Cheminée en bois sculpté à cariatides, et sa glace avec cadre en bois sculpté.

88 — Divan en bois sculpté, recouvert de bandes de velours grenat et de tapisseries au point, Louis XIII; il est accompagné de ses coussins.

89 — Chaise longue en bois sculpté et tourné, couverte de velours et de tapisserie.

90 — Grand fauteuil en bois sculpté couvert de même.

91 — Deux chaises à pieds tors et à grands dossiers, couvertes de tapisserie et de velours rouge.

92 — Trois jolis escabeaux du temps de Louis XIII à dossiers sculptés et siéges couverts en tapisserie.

93 — Table en bois sculpté, forme octogone, à cinq pieds, dont un en forme de balustre. Elle s'ouvre pour recevoir trois rallonges.

94 — Petite commode Louis XVI en marqueterie de bois de rose et à dessus de marbre.

95 — Grande commode en bois d'acajou, garnie de moulures de cuivre poli.

96 — Deux petits meubles à hauteur d'appui, en bois sculpté à figures et ornements.

97 — Petit fauteuil Louis XVI, en bois doré, couvert de soie ancienne.

TAPISSERIES ET TENTURES

98 — Grande tapisserie de Flandre représentant Hercule terrassant l'hydre. Large bordure à guirlandes de fleurs et de fruits.

99 — Belle tenture de salon composée de soixante-cinq beaux panneaux d'étoffe vénitienne de la fin du XVIe siècle, à riches dessins exécutés en soies de couleurs sur fond lamé d'or. Ces panneaux mesurent ensemble environ cent cinquante mètres.

100 — Autre belle tenture de même travail et de même dessin, mais sur fond lamé d'argent. Celle-ci se compose de cinquante et un panneaux qui mesurent ensemble environ cent-vingt mètres.

101 — Quatre petits panneaux de tapisserie à trophées d'instruments de musique, fleurs et ornements.

102 — Deux beaux lambrequins brodés au petit point à riche dessin sur fond rehaussé d'argent.

103 — Quatre rideaux en velours grenat.

104 — Coupon de drap d'or.

105 — Ceinture de femme en satin, décorée de trois médaillons imprimés en couleurs. Époque Louis XVI.

106 — Treize mètres d'entre-deux en toile brodée à jour en soie rouge et jaune.

107 — Bel échantillon d'effilé vert.

108 — Bande de velours vert à parterre à petits dessins sur fond sablé d'or.

109 — Autre en velours violet.

110 — Deux morceaux de brocard en couleur, or et soie.

111 — Grand volant de mousseline brodée.

112 — Fort lot de cuir de Cordoue à dessins variés.

113 — Couvre-lit brodé en soies de couleurs à corne d'abondance, fleurs, fruits et ornements, sur fond d'indienne. Travail ancien.

114 — Deux coupes d'étoffe turque noire et or.

115 — Grande portière formée d'écharpes orientales.

116 — Petite écharpe orientale rouge, en soie.

117 — Coupe de soie orientale moirée, rose.

118 — Coupe de soie rayée, jaune et blanche.

119 — Coupe de soie d'Orient, rayée.

120 — Costume de Roumanie, en soie violacée claire, piquée.

121 — Coupe d'étoffe noire à quadrillages tissés d'argent.

122 — Lot d'écharpes, ceintures et galons d'Orient.

123 — Peau de chat-tigre et de léopard.

124 — Chasse-mouches en plumes d'autruche et manche en ivoire.

125 — Partie de costume chinois en soie noire brodée en or et soies de couleurs.

126 — Quatre écharpes orientales à fond rouge rayé.

RED. :

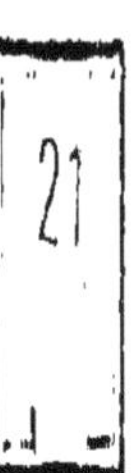
21

0 1 2 3 4 5 6 7 8 9 10

www.ingramcontent.com/pod-product-compliance
Ingram Content Group UK Ltd.
Pitfield, Milton Keynes, MK11 3LW, UK
UKHW020409190726
13838UKWH00006B/2332